JN153909

特選 小さな詩歌集

はじめに

この本には二三六篇の詩歌がおさめられています。郷愁を誘うもの、哀しいもの、笑いがふともれてしまうもの、希望が生まれるもの、そして怒りに身体が震えてしまうものまで、いろいろなものがあります。

その一つひとつを、まずは心で感じて下さい。言葉の響きを楽しんで下さい。「いいな」と思ったその瞬間、あなたは作者と同じ場所にいて、同じ音を聞いて、同じ発見をしているのです。作者が感じた何かが、時代や空間を超えて、言葉を通じてあなたと共鳴しているのです。その心の共鳴は最初はかすかなものでも、いつしか大きくなり、あなたにとって大切なものになるでしょう。

そのためには、気に入ったものを何度も繰り返し読んでみましょう。心の中でそっとささやくだけでもいいですし、小さな声でつぶやいてもかまいません。また、ときには大きな声で読んでみるのもいいでしょう。

小さかった心の震えはしだいに大きくなり、あなたを包み込んでいきます。そのとき新しい視点・考え方、ときには生き方さえも手に入れている自分を発見するはずです。一篇の詩や歌が、新しい地平へ通じる扉の鍵となるのです。

さあ、ページをめくって、あなただけの大切な鍵を探しましょう。

目次

【短歌】

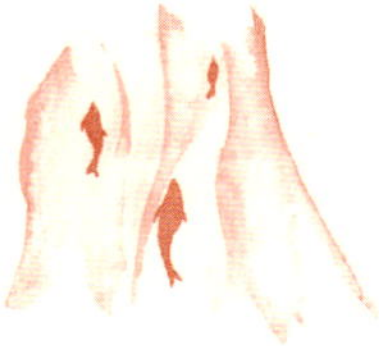

俳句

古池や蛙《かわず》飛《と》びこむ水のおと

松尾芭蕉

五月雨《さみだれ》をあつめて早し最上《もがみ》川

松尾芭蕉

閑《しず》かさや岩にしみ入る蟬の声

松尾芭蕉

夏草や兵《つわもの》どもが夢の跡

松尾芭蕉

物いえば唇《くちびる》寒し秋の風

松尾芭蕉

旅に病《や》んで夢は枯野《かれの》をかけめぐる

松尾芭蕉

目には青葉山時鳥《やまほととぎす》初鰹《はつがつお》

山口素堂

春雨《はるさめ》や降るともしらず牛の目に

小西来山

にょっぽりと秋の空なる富士の山

上島鬼貫

春の海ひねもすのたりのたりかな

与謝蕪村

菜の花や月は東に日は西に

与謝蕪村

さみだれや大河《たいが》を前に家二軒

与謝蕪村

うつくしや障子の穴の天の川

小林一茶

痩蛙まけるな一茶これにあり

小林一茶

我と来て遊べや親のない雀

小林一茶

めでたさも中位なりおらが春

小林一茶

雪とけてくりくりしたる月夜かな

小林一茶

あの月をとってくれろと泣く子かな

小林一茶

柿くえば鐘が鳴るなり法隆寺　正岡子規

世の中の重荷おろして昼寝かな　正岡子規

ツクツクボーシツクツクボーシバカリナリ　正岡子規

闘鶏《とうけい》の眼《まなこ》つむれて飼われけり

村上鬼城

冬蜂の死にどころなく歩きけり

村上鬼城

生きかわり死にかわりして打つ田かな

村上鬼城

腸《はらわた》に春滴《したた》るや粥《かゆ》の味

夏目漱石

永き日や欠伸《あくび》うつして別れ行く

夏目漱石

弁慶に五条の月の寒さかな

夏目漱石

赤い椿《つばき》白い椿と落ちにけり

河東碧梧桐

春寒し水田の上の根なし雲

河東碧梧桐

思わずもヒヨコ生まれぬ冬《ふゆ》薔《そう》薇《び》

河東碧梧桐

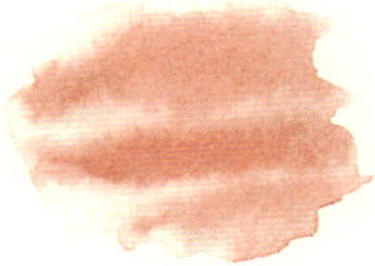

分け入っても分け入っても青い山

種田山頭火

あるけばかっこういそげばかっこう

種田山頭火

うしろすがたのしぐれてゆくか

種田山頭火

笠へぽっとり椿だった

種田山頭火

ぼろ着て着ぶくれておめでたい顔で

種田山頭火

ほっと月がある東京にきている

種田山頭火

かたまって薄き光の菫《すみれ》かな

渡辺水巴

せきをしてもひとり

尾崎放哉

こんなよい月を一人で見て寝る

尾崎放哉

入れものが無い両手で受ける

尾崎放哉

枯枝《かれえだ》ほきほき折るによし

尾崎放哉

海が少し見える小さい窓一つもつ

尾崎放哉

日を追わぬ大向日葵《ひまわり》となりにけり

竹下しづの女

短夜《みじかよ》や乳《ち》ぜり啼《な》く児《こ》を須可捨焉乎《すてっちまをか》

竹下しづの女

汗臭き鈍《のろ》の男の群《むれ》に伍す

竹下しづの女

谺《こだま》して山ほととぎすほしいまま
杉田久女

朝顔や濁《にご》り初《そ》めたる市の空
杉田久女

紫陽花《あじさい》に秋冷《しゅうれい》いたる信濃《しなの》かな
杉田久女

木《こ》がらしや目刺《めざし》にのこる海のいろ
芥川龍之介

咳ひとつ赤子のしたる夜寒かな
芥川龍之介

青蛙おのれもペンキ塗りたてか
芥川龍之介

かいもなき眠り薬や夜半の秋

芥川龍之介

水洟《みずばな》や鼻の先だけ暮れ残る

芥川龍之介

蝶の舌ゼンマイに似る暑さかな

芥川龍之介

藻をくゞつて月下の魚となりにけり

長谷川かな女

母思ふ二月の空に頬杖し

長谷川かな女

降る雪や明治は遠くなりにけり

中村草田男

秋の航《こう》一《いち》大《だい》紺《こん》円《えん》盤《ばん》の中　中村草田男

夕焼けて西の十万億土透く　山口誓子

ピストルがプールの硬き面《も》にひびき　山口誓子

短歌

やまかげの岩間《いわま》をつたう苔水《こけみず》の
かすかにわれはすみわたるかも

良寛

世の中にまじらぬとにはあらねども
ひとり遊びぞ我はまされる

良寛

さすたけの君がすすむるうま酒に
われ酔《え》ひにけりそのうま酒に

良寛

いにしえを思えば夢かうつつかも
夜はしぐれの雨を聴《き》きつつ

良寛

牛飼《うしかい》が歌よむ時に世の中の
新しき歌大いにおこる

伊藤左千夫

おり立ちて今朝の寒さを驚きぬ
露しとしとと柿の落葉深く

伊藤左千夫

くれないの二尺伸びたる薔薇《ばら》の芽の
針やわらかに春雨のふる

正岡子規

久方《ひさかた》のアメリカ人《びと》のはじめにし
ベースボールは見れど飽《あ》かぬかも

正岡子規

大空の塵《ちり》とはいかが思うべき
熱き涙のながるるものを

与謝野鉄幹

われ男《お》の子意気の子名の子つるぎの子
詩の子恋の子ああもだえの子

与謝野鉄幹

輝やかにわが行くかたも恋《こ》うる子の
在るかたも指せ黄金《こがね》向日葵《ひぐるま》

与謝野鉄幹

隣室《りんしつ》に書《ふみ》よむ子らの声きけば
心に沁《し》みて生きたかりけり

島木赤彦

夕焼空《ゆうやけぞら》焦《こ》げきわまれる下にして
氷《こお》らんとする湖《うみ》の静けさ

島木赤彦

みずうみの氷は解けてなお寒し
三日月《みかづき》の影波にうつろう

島木赤彦

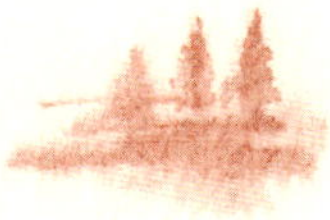

やわ肌のあつき血汐《ちしお》にふれも見で
さびしからずや道を説く君

与謝野晶子

海恋し潮の遠鳴りかぞえては
少女《おとめ》となりし父母《ちちはは》の家

与謝野晶子

なにとなく君に待たるるここちして
出《い》でし花野の夕月夜《ゆうづくよ》かな

与謝野晶子

髪ながき少女《おとめ》とうまれしろ百合《ゆり》に
額《ぬか》は伏せつつ君をこそ思え

山川登美子

それとなく紅き花みな友にゆずり
そむきて泣きて忘れ草つむ

山川登美子

おっとせい氷に眠るさいわいを
我も今知るおもしろきかな

山川登美子

馬追虫《うまおい》の髭《ひげ》のそよろに来る秋は
まなこを閉じて想い見るべし

長塚節

垂乳根《たらちね》の母が釣りたる青蚊帳《あおがや》を
すがしといねつたるみたれども

長塚節

死に近き母に添寝《そいね》のしんしんと
遠田《とおだ》のかわず天に聞《きこ》ゆる

斎藤茂吉

のど赤き玄鳥《つばくらめ》ふたつ屋梁《はり》にいて
足乳《たらち》ねの母は死にたまうなり

斎藤茂吉

ほろほろと君の涙に漂えり
理解されざる二つの心

竹久夢二

ひとり住みひとり思いてひとり泣く
寂しき人にならばやとおもう

竹久夢二

白鳥《しらとり》は哀《かな》しからずや空の青
海のあおにも染まずただよう

若山牧水

かんがえて飲みはじめたる一合の
二合の酒の夏のゆうぐれ

若山牧水

こころよく
我《われ》にはたらく仕事あれ
それを仕遂《しと》げて死なんと思う

石川啄木

たわむれに母を背負《せお》いて
そのあまり軽《かろ》きに泣きて
三歩《さんぼ》あゆまず

石川啄木

はたらけど
はたらけど猶《なお》わが生活《くらし》楽《らく》にならざり
じっと手を見る

石川啄木

友がみなわれよりえらく見ゆる日よ
花を買い来て
妻としたしむ

石川啄木

ふるさとの訛《なまり》なつかし
停車場の人ごみの中に
そを聴きにゆく

石川啄木

不来方《こずかた》のお城の草に寝ころびて
空に吸われし
十五の心

石川啄木

吾《われ》なくばわが世もあらじ
人もあらじ
まして身を焼く思《おもい》もあらじ

柳原白蓮

寂しさのありのすさびに
唯ひとり
狂乱を舞ふ冷たき部屋に

柳原白蓮

ふるさとの訛《なま》りなくせし友といて
モカ珈琲はかくまでにがし

寺山修司

マッチ擦るつかのま海に霧ふかし
身捨つるほどの祖国はありや

寺山修司

山びとの　言い行くことのかそけさよ。
きその夜、鹿の　峰をわたりし

釈迢空

世の人の持たぬ力を　我が持ちて、
かぞいろはさへ　我をおもわず

釈迢空

力など望まで弱く美しく
生《うま》れしままの男にてあれ

岡本かの子

年々《としどし》にわが悲しみは深くして
いよよ華《はな》やぐ命なりけり

岡本かの子

「嫁さんになれよ」だなんて
カンチューハイ二本で言ってしまっていいの

俵万智

「寒いね」と話しかければ「寒いね」と
答える人のいるあたたかさ

俵万智

「足元はやっぱり道で、
どこかへと通じている道で、
どこですかここ?」

笹井宏之

わたくしは水と炭素と少々の
存在感で生きております

笹井宏之

童謡

故郷《ふるさと》

高野辰之

うさぎ追いしかの山
小鮒《ぶな》つりしかの川
夢はいまも　めぐりて
忘れがたき故郷

いかにいます父母《ちちはは》
恙《つつが》なしや友がき
雨に風につけても
思いいずる故郷

こころざしを果して
いつの日にか帰らん
山はあおき　故郷
水は清き故郷

シャボン玉

野口雨情

シャボン玉　飛んだ
屋根まで飛んだ
屋根まで飛んで
こわれて消えた

シャボン玉　消えた
飛ばずに消えた
生まれてすぐに
こわれて消えた

風　風　吹くな
シャボン玉　飛ばそ

この道

北原白秋

この道はいつか来た道、
　ああ、そうだよ、
あかしやの花が咲いてる。

あの丘《おか》はいつか見た丘、
　ああ、そうだよ、
ほら、白い時計台《とけいだい》だよ。

この道はいつか来た道、
　ああ、そうだよ、
お母さまと馬車で行ったよ。

あの雲はいつか見た雲、
　ああ、そうだよ、
山査子《さんざし》の枝も垂《た》れてる。

夏の思い出

江間章子

夏がくれば　思い出す
はるかな尾瀬　遠い空
霧の中に　うかびくる
やさしいかげ　野のこみち
みずばしょうの花が　さいている
夢みてさいている　水のほとり
しゃくなげ色に　たそがれる
はるかな尾瀬　遠い空

夏がくれば　思い出す
はるかな尾瀬　野の旅よ
花の中に　そよそよと
ゆれ　ゆれる　浮島《うきしま》よ
みずばしょうの花が　におっている
夢みてにおっている　水のほとり
まなこつぶれば　なつかしい
はるかな尾瀬　遠い空

こだまでしょうか

金子みすゞ

「遊ぼう」っていうと
「遊ぼう」っていう。

「馬鹿」っていうと
「馬鹿」っていう。

「もう遊ばない」っていうと
「遊ばない」っていう。

そうして、あとで
さみしくなって、

「ごめんね」っていうと
「ごめんね」っていう。

こだまでしょうか、
いいえ、誰でも。

ちいさい秋みつけた

サトウハチロー

誰かさんが　誰かさんが　誰かさんが　みつけた
ちいさい秋　ちいさい秋　ちいさい秋　みつけた
めかくし鬼さん　手のなる方へ
すましたお耳に　かすかにしみた
よんでる口笛　もずの声
ちいさい秋　ちいさい秋　ちいさい秋　みつけた

誰かさんが　誰かさんが　誰かさんが　みつけた
ちいさい秋　ちいさい秋　ちいさい秋　みつけた

お部屋は北向き　くもりのガラス
うつろな目の色　とかしたミルク
わずかなすきから　秋の風
ちいさい秋　ちいさい秋　ちいさい秋　みつけた

誰かさんが　誰かさんが　誰かさんが　みつけた
ちいさい秋　ちいさい秋　ちいさい秋　みつけた
むかしの　むかしの　風見の鳥の
ぼやけたとさかに　はぜの葉ひとつ
はぜの葉あかくて　入日色
ちいさい秋　ちいさい秋　ちいさい秋　みつけた

赤とんぼ

三木露風

夕やけ小やけの　赤とんぼ
負われて見たのは　いつの日か

山の畑の　桑の実を
小籠《かご》に摘んだは　まぼろしか

十五で姐《ねえ》やは　嫁に行き
お里のたよりも　絶えはてた

夕やけ小やけの　赤とんぼ
とまっているよ　竿《さお》の先

たきび

巽聖歌

かきねの　かきねの　まがりかど
たきびだ　たきびだ　おちばたき
「あたろうか」「あたろうよ」
きたかぜぴいぷう　ふいている

さざんか　さざんか　さいたみち
たきびだ　たきびだ　おちばたき
「あたろうか」「あたろうよ」
しもやけ　おててが　もう　かゆい

こがらし　こがらし　さむいみち
たきびだ　たきびだ　おちばたき
「あたろうか」「あたろうよ」
そうだんしながら　あるいてく

詩

泉

新美南吉

ある日ふと
泉が湧いた
わたしの心の
落葉の下に

蜂が来て
針とぐほどの

小さな泉
しようもなくて
花をうかべて
ながめていた

一個の人間

武者小路実篤

自分は一個の人間でありたい。
誰にも利用されない
誰にも頭をさげない
一個の人間でありたい。
他人を利用したり
他人をいびつにしたりしない
そのかわり自分もいびつにされない
一個の人間でありたい。

自分の最も深い泉から
最も新鮮な
生命の泉をくみとる
一個の人間でありたい。

誰もが見て
これでこそ人間だと思う
一個の人間でありたい。

一個の人間は
一個の人間でいいのではないか
一個の人間

◯

独立人同志が
愛しあい、尊敬しあい、力をあわせる。
それは実に美しいことだ。
だが他人を利用して得をしようとするものは、
いかに醜いか。
その醜さを本当に知るものが一個の人間。

愛あるところに

室生犀星

わたしは何を得ることであろう
わたしは必ず愛を得るであろう
その白いむねをつかんで
わたしは永い間語るであろう
どんなに永い間寂しかったということを
しずかに物語り感動するであろう

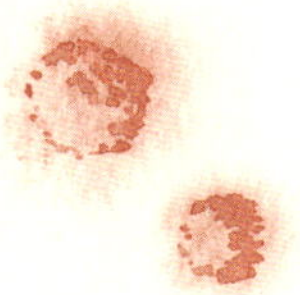

レモン哀歌

高村光太郎

そんなにもあなたはレモンを待つていた
かなしく白くあかるい死の床で
わたしの手からとつた一つのレモンを
あなたのきれいな歯ががりりとかんだ
トパアズいろの香気が立つ
その数滴の天のものなるレモンの汁は
ぱつとあなたの意識を正常にした

あなたの青く澄んだ眼がかすかに笑う
わたしの手を握るあなたの力の健康さよ
あなたの咽喉《のど》に嵐はあるが
こういう命の瀬戸ぎわに
智恵子はもとの智恵子となり
生涯の愛を一瞬にかたむけた
それからひと時
昔山巓《さんてん》でしたような深呼吸を一つして
あなたの機関はそれなり止まった
写真の前にさした桜の花かげに
すずしく光るレモンを今日も置こう

人間に与える詩

山村暮鳥

そこに太い根がある
これをわすれているからいけないのだ
腕のような枝をひっ裂き
葉っぱをふきちらし
頑丈な樹幹《みき》をへし曲げるような大風の時ですら
まっ暗な地べたの下で
ぐっと踏張《ふんば》っている根があると思えば何でもないのだ

それでいいのだ
そこに此《こ》の壮麗がある
樹木をみろ
大木《たいぼく》をみろ
このどっしりしたところはどうだ

薔薇《バラ》二曲

北原白秋

一

薔薇ノ木ニ
薔薇ノ花サク。

ナニゴトノ不思議ナケレド。

二

薔薇ノ花。
ナニゴトノ不思議ナケレド。
照リ極マレバ木ヨリコボルル。
光リコボルル。

宵待草《よいまちぐさ》

竹久夢二

まてどくらせどこぬひとを
宵待草のやるせなさ
こよいは月もでぬそうな。

旅上

萩原朔太郎

ふらんすへ行きたしと思えども
ふらんすはあまりに遠し
せめては新しき背広をきて
きままなる旅にいでてみん。
汽車が山道をゆくとき

みずいろの窓によりかかりて
われひとりうれしきことをおもわん
五月《さつき》の朝のしののめ
うら若草のもえいづる心まかせに。

春と修羅（mental sketch modified）

宮沢賢治

心象のはいいろはがねから
あけびのつるはくもにからまり
のばらのやぶや腐植《ふしょく》の湿地
いちめんのいちめんの諂曲《てんごく》模様《もよう》
（正午の管楽《かんがく》よりもしげく
琥珀《こはく》のかけらがそそぐとき）
いかりのにがさまた青さ

四月の気層のひかりの底を
唾《つばき》し　はぎしりゆききする
おれはひとりの修羅なのだ
（風景はなみだにゆすれ）
砕ける雲の眼路《めじ》をかぎり
　れいろうの天の海には
　　聖《せい》玻璃《はり》の風が行き交い
　　　ZYPRESSEN《ジープレッセン》　春のいちれつ
　　　　くろぐろと光素《エーテル》を吸い
　　　　　その暗い脚並《あしなみ》からは

天山の雪の稜さえひかるのに
（かげろうの波と白い偏光《へんこう》）
まことのことばはうしなわれ
　雲はちぎれてそらをとぶ
ああかがやきの四月の底を
はぎしり燃えてゆききする
おれはひとりの修羅なのだ
（玉髄《ぎょくずい》の雲がながれて
　どこで啼《な》くその春の鳥）
日輪《にちりん》青くかげろえば

修羅は樹木に交響し
陥《おち》りくらむ天の椀から
　黒い木の群落が延び
　その枝はかなしくしげり
すべて二重の風景を
喪神《そうしん》の森の梢から
ひらめいてとびたつからす
（気層いよいよすみわたり
　ひのきもしんと天に立つころ）
草地《くさち》の黄金《こがね》をすぎてくるもの

ことなくひとのかたちのもの
けらをまといおれを見るその農夫
ほんとうにおれが見えるのか
まばゆい気圏《きけん》の海のそこに
（かなしみは青々ふかく）
ZYPRESSEN　しずかにゆすれ
鳥はまた青ぞらを截《き》る
（まことのことばはここになく
修羅のなみだはつちにふる）

あたらしくそらに息つけば
ほの白く肺はちぢまり
（このからだそらのみじんにちらばれ）
いちょうのこずえまたひかり
ZYPRESSEN　いよいよ黒く
雲の火ばなは降りそそぐ

素朴な琴

八木重吉

この明るさのなかへ
ひとつの素朴な琴をおけば
秋の美くしさに耐えかね
琴はしずかに鳴りいだすだろう

勧酒

井伏鱒二

コノサカヅキヲ受ケテクレ
ドウゾナミナミツガシテオクレ
ハナニアラシノタトエモアルゾ
「サヨナラ」ダケガ人生ダ

苦しい唄

林芙美子

隣人とか
肉親とか
恋人とか
それが何であろう──

生活の中の食うと言う事が満足でなかったら
描いた愛らしい花はしぼんでしまう
快活に働きたいものだと思っても
悪口雑言の中に
私はいじらしい程小さくしゃがんでいる。

両手を高くさし上げてもみるが
こんなにも可愛い女を裏切って行く人間ばかりなのか！
いつまでも人形を抱いて沈黙《だま》っている私ではない。

お腹《なか》がすいても
職がなくっても
ウヲオ！　と叫んではならないんですよ
幸福な方が眉をおひそめになる。

血をふいて悶死したって
ピクともする大地ではないんです
後から後から
彼等は健康な砲丸を用意している。

陳列箱に
ふかしたてのパンがあるが、
私の知らない世間は何とまあ
ピヤノのように軽やかに美しいのでしょう。
そこで始めて
神様コンチクショウと呶鳴《どな》りたくなります。

頑是《がんぜ》ない歌

中原中也

思えば遠く来たもんだ
十二の冬のあの夕べ
港の空に鳴り響いた
汽笛の湯気《ゆげ》は今いづこ

雲の間に月はいて
それな汽笛を耳にすると
竦然《しょうぜん》として身をすくめ
月はその時空にいた

それから何年経ったことか
汽笛の湯気を茫然と
眼で追いかなしくなっていた
あの頃の俺はいまいづこ

今では女房子供持ち
思えば遠く来たもんだ
此の先まだまだ何時までか
生きてゆくのであろうけど

生きてゆくのであろうけど
遠く経て来た日や夜《よる》の
あんまりこんなにこいしゅうては
なんだか自信が持てないよ

さりとて生きてゆく限り
結局我《が》ン張《ば》る僕の性質《さが》
と思えばなんだか我ながら
いたわしいよなものですよ

考えてみればそれはまぁ
結局我ン張るのだとして
昔恋しい時もあり　そして
どうにかやってはゆくのでしょう

考えてみれば簡単だ
畢竟《ひっきょう》意志の問題だ
なんとかやるより仕方もない
やりさえすればよいのだと

思うけれどもそれもそれ
十二の冬のあの夕べ
港の空に鳴り響いた
汽笛の湯気や今いづこ

のちのおもいに

立原道造

夢はいつもかえって行った　山の麓《ふもと》のさびしい村に
水引草に風が立ち
草ひばりのうたいやまない
しずまりかえった午《ひる》さがりの林道を
うららかに青い空には陽がてり　火山は眠っていた
――そして私は

見て来たものを　島々を　波を　岬を　日光月光を
だれもきいていないと知りながら　語りつづけた……

夢は　そのさきには　もうゆかない
なにもかも　忘れ果てようとおもい
忘れつくしたことさえ　忘れてしまったときには

夢は　真冬の追憶のうちに凍るであろう
そして　それは戸をあけて　寂寥《せきりょう》のなかに
星くずにてらされた道を過ぎ去るであろう

にんげんをかえせ

峠三吉

ちちをかえせ　ははをかえせ
としよりをかえせ
こどもをかえせ

わたしをかえせ　わたしにつながる
にんげんをかえせ
にんげんの　にんげんのよのあるかぎり
くずれぬへいわを
へいわをかえせ

紙風船

黒田三郎

落ちて来たら
今度は
もっと高く
もっともっと高く
何度でも
打ち上げよう

美しい
願いごとのように

表札

石垣りん

自分の住むところには
自分で表札を出すにかぎる。

自分の寝泊りする場所に
他人がかけてくれる表札は
いつもろくなことはない。

病院へ入院したら
病室の名札には石垣りん様と
様が付いた。

旅館に泊っても
部屋の外に名前は出ないが
やがて焼場の罐《かま》にはいると
とじた扉の上に
石垣りん殿と札が下がるだろう
そのとき私がこばめるか？

様も
殿も
付いてはいけない、

自分の住む所には
自分の手で表札をかけるに限る。

精神の在り場所も
ハタから表札をかけられてはならない
石垣りん
それでよい。

祝婚歌

吉野弘

二人が睦《むつ》まじくいるためには
愚かでいるほうがいい
立派すぎないほうがいい
立派すぎることは
長持ちしないことだと気付いているほうがいい
完璧をめざさないほうがいい
完璧なんて不自然なことだと
うそぶいているほうがいい

二人のうちどちらかが
ふざけているほうがいい
ずっこけているほうがいい
互いに非難することがあっても
非難できる資格が自分にあったかどうか
あとで
疑わしくなるほうがいい
正しいことを言うときは
少しひかえめにするほうがいい
正しいことを言うときは

相手を傷つけやすいものだと
気付いていているほうがいい
立派でありたいとか
正しくありたいとかいう
無理な緊張には
色目を使わず
ゆったり　ゆたかに
光を浴びていているほうがいい
健康で　風に吹かれながら
生きていることのなつかしさに
ふと　胸が熱くなる

そんな日があってもいい
そして
なぜ胸が熱くなるのか
黙っていても
二人にはわかるのであってほしい

夕焼け

吉野弘

いつものことだが
電車は満員だった。
そして
いつものことだが
若者と娘が腰をおろし
としよりが立っていた。
うつむいていた娘が立って

としよりに席をゆずった。
そそくさととしよりがすわった。
礼も言わずにとしよりは次の駅で降りた。
娘はすわった。
別のとしよりが娘の前に
横あいから押されてきた。
娘はうつむいた。
しかし
また立って
席を

そのとしよりにゆずった。
としよりは次の駅で礼を言って降りた。
娘はすわった。
二度あることは　と言うとおり
別のとしよりが娘の前に
押し出された。
かわいそうに
娘はうつむいて
そして今度は席を立たなかった。
次の駅も

次の駅も
下唇をキュッとかんで
からだをこわばらせて――。
ぼくは電車を降りた。
固くなってうつむいて
娘はどこまで行ったろう。
やさしい心の持ち主は
いつでもどこでも
われにもあらず受難者となる。
なぜって

やさしい心の持ち主は
他人のつらさを自分のつらさのように
感じるから。
やさしい心に責められながら
娘はどこまでゆけるだろう。
下唇をかんで
つらい気持ちで
美しい夕焼けも見ないで。

ぼくが　ここに

まど・みちお

ぼくが　ここに　いるとき
ほかの　どんなものも
ぼくに　かさなって
ここに　いることは　できない

もしも　ゾウが　ここに　いるならば
そのゾウだけ
マメが　いるならば
その一つぶの　マメだけ

しか　ここに　いることは　できない
ああ　このちきゅうの　うえでは
こんなに　だいじに
まもられているのだ
どんなものが　どんなところに
いるときにも

その「いること」こそが
なににも　まして
すばらしいこと　として

自分の感受性くらい

茨木のり子

ぱさぱさに乾いてゆく心を
ひとのせいにはするな
みずから水やりを怠《おこた》っておいて

気難かしくなってきたのを
友人のせいにはするな
しなやかさを失ったのはどちらなのか

苛立《いらだ》つのを
近親のせいにはするな
なにもかも下手《へた》だったのはわたくし

初心消えかかるのを
暮《くら》しのせいにはするな
そもそもが　ひよわな志にすぎなかった

駄目なことの一切を
時代のせいにはするな
わずかに光る尊厳の放棄

自分の感受性くらい
自分で守れ
ばかものよ

二十億光年の孤独

谷川俊太郎

人類は小さな球の上で
眠り起きそして働き
ときどき火星に仲間を欲しがったりする

火星人は小さな球の上で
何をしてるか　僕は知らない
(或《あるい》はネリリし　キルルし　ハララしているか)
しかしときどき地球に仲間を欲しがったりする
それはまったくたしかなことだ

万有引力とは
ひき合う孤独の力である

宇宙はひずんでいる
それ故みんなはもとめ合う

宇宙はどんどん膨んでゆく
それ故みんなは不安である
二十億光年の孤独に
僕は思わずくしゃみをした

語句註

［五月雨を（12ページ）］

五月雨…旧暦の五月（新暦の六月）に降る雨。梅雨のこと。

［春雨や（14ページ）］

春雨…春に降る、静かで細い雨。

［春の海（15ページ）］

ひねもす…朝から夕方まで。一日中。終日。

のたり…ゆっくりとうねる様子。

［生きかわり（20ページ）］

打つ田…春に耕作しやすいように田を打ち耕すこと。

［弁慶に（21ページ）］

弁慶…源義経に仕えた僧。数々の武功をあげ、最後まで義経への忠誠を貫いた。

五条…京都の五条橋のこと。ここで辻斬りをしていた弁慶は、牛若丸（義経）に敗れ、その場で主従関係を結んだ。

［短夜や（28ページ）］

短夜…短くてすぐに明けてしまう夏の夜。

［紫陽花に（29ページ）］

秋冷…秋の冷ややかさのこと。

［やまかげの（36ページ）］

苔水の…「苔水のように」の意。

［さすたけの（37ページ）］

さすたけの…「君」にかかる枕詞。

うま酒…美酒。

[いにしえを（37ページ）]
しぐれ…降ったり止んだりする初冬の雨。

[久方の（39ページ）]
久方の…「あめ（天）」にかかる枕詞。この場合、アメリカ人の「アメ」にかけている。

[われ男の子（40ページ）]
もだえ…もだえ悩むこと。

[輝やかに（41ページ）]
黄金向日葵…ヒマワリを美化した表現。

[馬追虫の（47ページ）]
馬追虫…「スイッチョ」と呼ばれるキリギリス科の虫。

[垂乳根の（47ページ）]
垂乳根の…「母」にかかる枕詞。
すがし…すがすがしい。
いねつ…「居寝つ」。寝る。

[のど赤き（48ページ）]
玄鳥…つばめ。

[故郷（62ページ）]
恙（63ページ、2行目）…病気などの災い。
友がき（63ページ、2行目）…友だち。朋友。

[この道（66ページ）]
あかしや（66ページ、3行目）…ここではハリエンジュとも呼ばれるニセアカシアのこと。他に亜熱帯に生育するフサアカシアがある。
山査子（67ページ、6行目）…バラ科の落葉低木。春に梅に似た花を咲かせる。

【夏の思い出（68ページ）】

みずばしょう（68ページ、5行目）…サトイモ科の多年草。五月下旬から六月中旬にきれいな白い花を咲かせる。


【レモン哀歌（88ページ）】

トパアズ（88ページ、5行目）…トパーズ。主に黄色または黄金色の宝石の一つ。

山巓（89ページ、8行目）…山頂。


【宵待草（94ページ）】

宵待草（タイトル）…オオマツヨイグサ。アカバナ科の越年草。夏の日没後に、大きな黄色い花を咲かせ、翌朝にはしぼんでしまう。


【旅上（96ページ）】

しののめ（97ページ、3行目）…明け方に東の空にただよう雲。また、明け方・あかつきのこと。


【春と修羅（98ページ）】

mental sketch modified（タイトル）…修飾された心象スケッチ。

腐植（98ページ、3行目）…動植物の遺体が微生物によって分解されてできる、土壌中の有機物。

諂曲模様（98ページ、4行目）…自分の意思を曲げて、人にこびへつらう様子。

琥珀のかけら（98ページ、6行目）…日光の隠喩。

れいろう（99ページ、6行目）…透き通るように美しいさま。

聖玻璃（99ページ、7行目）…聖なるガラス。

ZYPRESSEN（99ページ、8行目／102ページ、6行目／103ページ、5行目）…イトスギ。地中海沿岸、中東に分布するヒノキ科の植物。

光素（99ページ、9行目）…エーテル。光の波を伝えると考えられていた、目視できない物質。

玉髄（100ページ、8行目）…石英の細かな結晶の集合体。

喪神（101ページ、6行目）…放心、失神した状態。魂が抜けたようにぼんやりすること。

けら（102ページ、2行目）…東北地方の方言で、農民や漁師が使っていた雨具みののこと。

[頑是ない唄（112ページ）]

頑是ない（タイトル）…良いことと悪いことの見分けがつかない。ききわけがない。また無邪気であること。

竦然（113ページ、3行目）…恐怖からぞっとする様子。

畢竟（116ページ、2行目）…つまり。結局。

[のちのおもいに（118ページ）]

水引草（118ページ、2行目）…タデ科の多年草。夏から秋にかけて、赤い小さな花が咲く。

[表札（124ページ）]

焼場（125ページ、6行目）…火葬場。

作者紹介

芥川龍之介（あくたがわりゅうのすけ）　東京都出身。「羅生門」、「蜘蛛の糸」などで知られる小説家。俳句では高浜虚子に師事し、千以上の句を残している。（1892〜1927）

石垣りん（いしがきりん）　東京都出身。詩集に「私の前にある鍋とお釜と燃える火と」、「略歴」などがある。民衆詩派の福田正夫氏から指導を受ける。（1920〜2004）

石川啄木（いしかわたくぼく）　岩手県出身。代表的な歌集に「一握の砂」、「悲しき玩具」がある。最も名を知られた歌人の一人であり、優れた詩人でもあった。（1886〜1912）

伊藤左千夫（いとうさちお）　千葉県出身。正岡子規の門人。「馬酔木」、「アララギ」を発行する。小説「野菊の墓」の作者としても知られている。（1864〜1913）

茨木のり子（いばらぎのりこ）　大阪府出身。詩集に「対話」、「自分の感受性くらい」などがある。川崎洋とともに「櫂」を創刊。（1926〜2006）

井伏鱒二（いぶせますじ）　広島県出身。「山椒魚」、「黒い雨」、「ジョン万次郎漂流記」などの作品で知られる小説家。詩集では「厄除け詩集」がある。（1898〜1993）

上島鬼貫（うえしまおにつら）　兵庫県出身。松尾芭蕉と並び称された江戸時代中期の俳人で、「東の芭蕉、西の鬼貫」と言われた。（1661〜1738）

江間章子（えましょうこ）　岩手県出身。日本女詩人会の機関誌「女性詩」の編集に携わる。詩集に「花の四季」、「イラク紀行」などがある。童謡では「花の街」など。（1913〜2005）

岡本かの子（おかもとかのこ）　東京都出身。与謝野晶子に師事する。歌集に「愛のなやみ」、「浴身」などがある。また小説「鶴は病みき」を発表した。（１８８９〜１９３９）

尾崎放哉（おざきほうさい）　鳥取県出身。荻原井泉水に師事する。酒癖のため、妻と別れて各地を転々とする。自由律俳句で知られる。（１８８５〜１９２６）

金子みすゞ（かねこみすず）　山口県出身。「若き童謡詩人の巨星」と言われたが、死後に忘れられる。その後、矢崎節夫氏により遺稿集が発見され、脚光を浴びる。（１９０３〜１９３０）

河東碧梧桐（かわひがしへきごとう）　愛媛県出身。正岡子規の門下に入る。郷里松山で創刊された「ホトトギス」に参加する。（１８７３〜１９３７）

北原白秋（きたはらはくしゅう）　福岡県出身。詩、歌、童謡と幅広く活躍。詩集「邪宗門」、歌集「桐の花」などが有名。（１８８５〜１９４２）

黒田三郎（くろださぶろう）　広島県出身。「ＶＯＵ」に参加。詩集「ひとりの女に」でＨ氏賞を受賞する。ほかに「死後の世界」、「小さなユリと」などの詩集がある。（１９１９〜１９８０）

小西来山（こにしらいざん）　大阪府出身。元禄時代を代表する俳人の一人。芭蕉に近い俳風を持つ。句文集「今宮草」が知られる。（１６５４〜１７１６）

小林一茶（こばやしいっさ）　長野県出身。江戸後期の俳諧師。二六庵竹阿の弟子となり、その後諸国を旅しながら俳句を作る。（１７６３〜１８２７）

斎藤茂吉（さいとうもきち）　山形県出身。伊藤左千夫門下に入る。「アララギ」の創刊に参加する。歌集に「赤

光」、「あらたま」などがある。（1882〜1953）

笹井宏之（ささいひろゆき）　佐賀県出身。「数えてゆけば会えます」で第四回歌葉新人賞を受賞。現代短歌界に鮮烈な印象を残す。（1982〜2009）

サトウハチロー　東京都出身。昭和に大流行した歌謡曲「リンゴの唄」を作詞。その後童謡の作詞に力を入れ、「ちいさい秋みつけた」など現代も親しまれる詞を数多く残した。（1903〜1973）

島木赤彦（しまきあかひこ）　長野県出身。伊藤左千夫門下。「アララギ」の編集、発行を務める。歌集に「切火」、「氷魚」など。（1876〜1926）

釈迢空（しゃくちょうくう）　大阪府出身。本名は折口信夫で、民俗学者としても著名。歌集に「海やまのあひだ」、「春のことぶれ」がある。小説や評論もある。（1887〜1953）

杉田久女（すぎたひさじょ）　鹿児島県出身。「ホトトギス」の同人となり、高浜虚子に師事するが、後に除籍される。「杉田久女句集」がある。（1890〜1946）

高野辰之（たかのたつゆき）　長野県出身。国文学者として知られ、邦楽、歌謡などの研究に大きな功績を残した。「朧月夜」、「春の小川」なども作詞している。（1876〜1947）

高村光太郎（たかむらこうたろう）　東京都出身。詩集には「智恵子抄」、「道程」がある。彫刻家・高村光雲の長男で、自身も彫刻家。（1883〜1956）

竹下しづの女（たけしたしづのじょ）　福岡県出身。国語教諭、図書館司書のかたわら「ホトトギス」に投句。女性俳句の先駆け的存在。（1887〜1951）

竹久夢二（たけひさゆめじ）　岡山県出身。画家として知られるが、詩歌、童謡、さらに絵葉書や便箋のデザインなども手がけ、多岐にわたって活躍した。（１８８４～１９３４）

立原道造（たちはらみちぞう）　東京都出身。「日曜日」、「優しき歌」など。二十六歳という若さで亡くなる。（１９１４～１９３９）

巽聖歌（たつみせいか）　岩手県出身。童謡雑誌「赤い鳥」に発表した詩が北原白秋に絶賛され、その後白秋に師事。童謡、短歌のほか、多くの校歌を作詞した。（１９０５～１９７３）

谷川俊太郎（たにかわしゅんたろう）　東京都出身。詩集は「うつむく青年」、「二十億光年の孤独」など。翻訳では「マザーグースのうた」が知られている。（１９３１～）

種田山頭火（たねださんとうか）　山口県出身。荻原井泉水に師事する。酒造業に失敗した後、出家する。各地を流浪して八万以上の句を残す。（１８８２～１９４０）

俵万智（たわらまち）　大阪府出身。角川短歌賞を受賞。第一歌集「サラダ記念日」で鮮烈なデビューを果たし、歌集は大ベストセラーになる。（１９６２～）

寺山修司（てらやましゅうじ）　青森県出身。本業の歌人、劇作家のほか、詩人、映画監督、演出家、作詞家などとしても活躍。「言葉の錬金術師」と称された。（１９３５～１９８３）

峠三吉（とうげさんきち）　大阪府出身。広島の自宅で被爆し、その後、反戦運動に力を尽くした。詩集に「原爆詩集」、「原爆雲の下より」がある。（１９１７～１９５３）

長塚節（ながつかたかし）　茨城県出身。正岡子規の門下に入る。伊藤左千夫とともに「馬酔木」を創刊する。

歌集に「鍼の如く」などがある。（1879～1915）

中原中也（なかはらちゅうや）　山口県出身。詩集「山羊の歌」、「在りし日の歌」などを発表し、ランボーの訳でも有名。小林秀雄と親交が深かった。（1907～1937）

中村草田男（なかむらくさたお）　中国福建省出身。高浜虚子に師事する。「ホトトギス」の同人となり、後に「万緑」を創刊する。句集に「来し方行方」がある。（1901～1983）

夏目漱石（なつめそうせき）　東京都出身。「吾輩は猫である」、「坊っちゃん」などで知られる小説家。正岡子規との出会いによって俳句を始める。（1867～1916）

新美南吉（にいみなんきち）　愛知県出身。童話・童謡雑誌「赤い鳥」出身の児童文学作家。代表作に「ごんぎつね」、「てぶくろを買いに」など。（1913～1943）

野口雨情（のぐちうじょう）　茨城県出身。詩集には「枯草」など。童謡詩人、民謡詩人としても有名。（1882～1945）

萩原朔太郎（はぎわらさくたろう）　群馬県出身。「月に吠える」、「青猫」、「蝶を夢む」などがある。評論やエッセイなどの作品も多い。（1886～1942）

長谷川かな女（はせがわかなじょ）　東京都出身。高浜虚子主宰の婦人俳句会で認められる。後に「水明」を創刊主宰する。（1887～1969）

林芙美子（はやしふみこ）　山口県出身。「放浪記」や「浮雲」で知られる小説家で、貧しい境遇の中で数々の作品を作る。詩集に「蒼馬を見たり」がある。（1903～1951）

正岡子規（まさおかしき）　愛媛県出身。近代俳句、近代短歌の基礎を作った。新聞に「歌よみに与ふる書」を書き、旧派和歌を批判する。（1867〜1902）

松尾芭蕉（まつおばしょう）　三重県出身。江戸時代の代表的な俳人。「野ざらし紀行」、「おくのほそ道」などをなどを通じて「わび」を詠む。（1644〜1694）

まど・みちお　山口県出身。二十五歳のときに児童雑誌「コドモノクニ」に投稿した作品が評価され、詩を書き始める。「ぞうさん」、「やぎさんゆうびん」などの童謡も手がけた。（1909〜2014）

三木露風（みきろふう）　兵庫県出身。北原白秋とともに活躍し、「白露時代」と称された、近代日本を代表する詩人、作詞家。（1889〜1964）

宮沢賢治（みやざわけんじ）　岩手県出身。詩集には「春と修羅」一〜四集。ほかに「銀河鉄道の夜」など、多数の童話を創作した。（1896〜1933）

武者小路実篤（むしゃのこうじさねあつ）　東京都出身。志賀直哉らとともに文芸雑誌「白樺」を創刊。小説「おめでたき人」、「友情」、「愛と死」など。（1885〜1976）

村上鬼城（むらかみきじょう）　東京都出身。軍人志望ながら耳の病気のため、裁判所の代書人となる。「ホトトギス」で活躍した。（1865〜1938）

室生犀星（むろうさいせい）　石川県出身。抒情的な作風の詩で大正時代の詩壇を牽引。「愛の詩集」などの詩集のほか、小説も多く執筆した。（1889〜1962）

八木重吉（やぎじゅうきち）　東京都出身。「秋の瞳」、「貧しき信徒」など。内村鑑三に感銘を受ける。二十九

歳の若さで死去。(1898〜1927)

柳原白蓮(やなぎはらびゃくれん)　東京都出身。「大正三美人」の一人と称された歌人。代表作に歌集「幻の華」、「指鬘外道」など。(1885〜1967)

山川登美子(やまかわとみこ)　福井県出身。与謝野晶子、増田雅子らとともに「明星」で活躍する。歌集に「山川登美子集」がある。(1879〜1909)

山口誓子(やまぐちせいし)　京都府出身。「ホトトギス」で高浜虚子に師事する。後に「天狼」を創刊する。(1901〜1994)

山口素堂(やまぐちそどう)　山梨県出身。漢学を林春斎に学び、第一の弟子と称された。松尾芭蕉とともに江戸時代の俳諧を支えた。(1642〜1716)

山村暮鳥(やまむらぼちょう)　群馬県出身。「聖三稜玻璃」、「雲」などの詩集がある。キリスト教の伝道師として働いた経験がある。(1884〜1924)

与謝野晶子(よさのあきこ)　大阪府出身。夫の与謝野鉄幹とともに歌人として有名。歌集に「みだれ髪」、「恋衣」などがある。(1878〜1942)

与謝野鉄幹(よさのてっかん)　京都府出身。落合直文に師事する。東京新詩社を創設し、機関誌「明星」を発行する。歌集に「東西南北」などがある。(1873〜1935)

与謝蕪村(よさぶそん)　大阪府出身。俳人であると同時に画家でもある。早野巴人に師事し、各地を巡りながら修行した。(1716〜1784)

吉野弘（よしのひろし）　山形県出身。川崎洋ら主宰の詩誌「櫂」に参加し、詩人になる。読売文学賞の詩歌俳句賞や詩歌文学館賞などを受賞。（１９２６〜２０１４）

良寛（りょうかん）　新潟県出身。出家し諸国行脚の後、郷里で托鉢生活を送る。短歌や長歌、漢詩、書を残す。（１７５８〜１８３１）

若山牧水（わかやまぼくすい）　宮崎県出身。尾上柴舟に師事する。歌集に「海の聲」、「独り歌へる」がある。後に雑誌「創作」を主宰する。（１８８５〜１９２８）

渡辺水巴（わたなべすいは）　東京都出身。内藤鳴雪に師事し、「曲水」を創刊する。句集に「水巴句集」がある。（１８８２〜１９４６）

※本文は信頼しうる全集、全詩集もしくは個人詩集を底本とし、その他の諸本を参照しました。

※本文の表記は、若い世代の方にも読みやすいようにとの思いから旧字体、旧かなづかいをそれぞれ新字体、新かなづかいに改めました。ただし、作者または著作権継承者より指定があった場合はそれに従っております。

※読みにくい語にはふり仮名をつけました。

※最後に、詩の使用をご承諾いただいた作者および著作権継承者の皆様方に感謝申し上げます。

装丁　宮下ヨシヲ（サイフォン グラフィカ）
画像提供　Iveta Angelova/Shutterstock.com
JASRAC 出 1909871-902

※本書は2004年に小社より発刊した『小さな詩歌集』を
　再編集したものです

特選 小さな詩歌集

2019年11月22日　再版

編　集　世界の名詩鑑賞会
発行者　隅田 直樹
発行所　株式会社 リベラル社
〒460-0008
名古屋市中区栄3-7-9 新鏡栄ビル8F
TEL 052-261-9101　FAX 052-261-9134
http://liberalsya.com
発　売　株式会社 星雲社
〒112-0005
東京都文京区水道1-3-30
TEL 03-3868-3275

©Liberalsya. 2019 Printed in Japan
ISBN978-4-434-26642-3　103001
落丁・乱丁本は送料弊社負担にてお取り替え致します。